Kotter Editorial
2021

percursos *Afetivos*

coordenação editorial
Sálvio Nienkötter

editor executivo
Francieli Cunico | Raul K. Souza

editor-adjunto
Fernando Lajus

capa | projeto gráfico
Paula Villa Nova

produção
Cristiane Nienkötter

Dados Internacionais de Catalogação na Publicação (CIP)
Angélica Llacqua CRB-8/7057

Cinelli, Cadu
Percursos Afetivos | Cadu Cinelli
Curitiba: Kotter Editorial, 2021.
134p.

ISBN 978-65-89624-43-1

1. Ficção brasileira 1. Título "Percursos Afetivos"

CDD B869.3

20-4467

Kotter Editorial
Rua das Cerejeiras, 194
82700-510 | Curitiba/PR
+55 41 3585-5161
www.kotter.com.br | contato@kotter.com.br

1ª edição
2021

SUMÁRIO

PERCURSOS AFETIVOS

de Cadu Cinelli

Quantas cidades há em mim? Quantas cidades há em nós?
Para responder eu os convido a:
Percorrer a cidade pra além das suas fronteiras estipuladas
Percorrer a cidade nos seus transbordamentos que se tornam
a expansão da morada, a realização da própria existência.
Percorrer/viver a vida tal qual numa dança cósmica de um
planeta que orbita uma estrela.

A Literatura Expandida

Gloria Kirinus

Olho o mapa da cidade
Como quem examinasse
A anatomia de um corpo

Mario Quintana

Quando em plena época de isolamento emergencial, num tempo histórico jamais imaginado, um livro ganha prosa que se derrama em poesia e nos lança o convite para prefaciar **Percursos Afetivos**, só me resta desfilar devagar, com o maior cuidado, como quem inaugura tapete novo na antessala destas páginas.

Com a desenvoltura e ousadia do autor, no livre trânsito textual em cada conto, os personagens destes Percursos, sem pedir licença alguma, alteraram meus sonhos: Ludmila, Ludmila, juro que senti o aroma desse copo de vinho tinto na sua mão. E imito a Gilda, acreditem, piscando três vezes a cada parágrafo lido, e não é que a técnica funciona? E o Silva, ah, o Silva! Senti com ele o desalojamento do seu precioso momento de descanso e leitura na Biblioteca. Ah, que vontade de reclamar e promover um coral de vozes: *devolvam a cadeira do Silva que me ensinou a sonhar livros.*

É assim. No momento, quase íntimos e bem sonhados, chamo cada personagem pelo seu nome e cada um me provoca indagações sobre o perfeito cruzamento entre ficção e realidade no fazer literário, que só os veteranos autores dominam bem. Onirismo à parte, o imaginário se encarrega de balançar a realidade do leitor a cada página escrita por este jovem autor *desvelação.*

Cadu Cinelli, aceitei seu convite para sair de casa e caminhar pelas ruas de Curitiba. Percorri esquinas, calçadas, praças, postes, fios elétricos, cartazes, fontes, tubos, terminais, escadarias, edifícios, galerias e endereços que bem reconheço. Aterrisso dentro da cidade e seus escuros e seus claros e seus côncavos, pelos mais convexos lugares. E logo não estou mais só. Novo personagem me ajuda a atravessar a linha do texto, um mais perturbador e pleno de indagações e reticências do que o outro. Sim, porque saio deste livro transformada, embora meu teclado tenha escrito, à revelia, transtornada. Aceito. Aceito, sim, as duas acepções, Cadu Cinelli, ao final, só em estado de lucidez e ludicidade profunda alguém "reveste seus olhos com cor de árvore para carregar uma praça no bolso". Esta síntese poética guardarei comigo para dias especiais de novo passeio.

É esta a potência da Literatura? O mestre Bachelard já anda inquieto para ser citado e damos voz pra ele: "Num mundo que nasce dele o homem pode tornar-se tudo". Tudo. Faço eco, sim, porque neste "tudo" fico envolvida e desenvolvo amplificações insuspeitas de realidades, devidamente ficcionalizadas pela mão do Cadu, que nos conta sobre os bastidores da criação literária. Destaco aqui, apenas um: Conforme eu ia apresentando e criando as histórias alguns dos personagens voltaram pra mim, como que pedindo para terem suas histórias aprofundadas. Às vezes porque eu simplesmente me afeiçoava mais, ou outros por questões ligadas às suas geografias.

Eis a potência da Literatura que supera em si toda tentativa de definição. "Expandida" é o melhor termo que achei, na oposição de recolhida. Há um dinamismo entre um e outro extremo. Há um trajeto entre o momento de recolhimento da criação literária e o movimento lá fora.
Retirada do cotidiano espremido, eis que embarco de imediato no pacto ficcional de mil percursos que nos fazem andar e quando mal notamos, nos redimensiona.
Certamente o recolhimento (talvez, "enraizamento dinâmico", na percepção do sociólogo, Michel Maffesoli) se agita em tensão com o "lá fora" conturbado e promove uma dinamização que sacode o escritor e seu leitor.
Nome do cinema ou verbo ler no passado? Seu livro está no Lido ou está lido? Entre um e outro digo e confirmo: O livro está lindo!
Leitores de todos os turnos, o convite está aberto. Leiam comigo...

Curitiba, 17 de junho de 2021

Apresentação

Sempre tive a impressão de que quando Cadu conta histórias, narra ou performa, ele dota de volume e corpo, as palavras. Assim, já o vi construir lugares, paisagens, derrubar muros, e pousar gentilmente sobre escombros. E a isso creio depender da qualidade de suas escutas e do sentir de própria pele.

Então, quando Cadu me contou que pensava em unir as histórias com a bicicleta senti soprar no ouvido a brisa das pedaladas que movimentariam as histórias e rumariam para novos territórios. E eis que estamos neste livro.

Sugiro que, enquanto você estiver lendo, acompanhe pedalando, sim! Pra ter acesso a um lugar em comum.

Primeiramente ajuste altura do assento até os ossos da cintura para que a perna possa se movimentar bem, deixando os joelhos livres e com leve apoio das mãos no guidom.

Em percursos afetivos, Cadu Cinelli convida a leitura para passear e traduz uma geografia afetiva pela perspectiva da bicicleta dos lugares que percorreu.

Acompanhe! Ainda que seja um pedido fácil, talvez exija mais do que se imagina.

Patrícia Valverde
Mãe de 3 crianças, embaixadora da bicicleta pela ong BYCS, Holanda.
Coord. Ciclooguaçu e co-idealizadora da Bicicletaria Cultural)

1

Daqueles que têm o caminho como destino.

Do outro lado da rua há uma praça que cabe no bolso de uma ciclista. Ou pelo menos cabia. Contam que nela pedalava, e sempre se achegava uma jovem ciclista. Mulher parideira de emoções que vivia intensamente a vida. Amava sentir o vento na cara, o frio nos dedos e brigar com motoristas. A mulher que tinha uma praça no bolso, era jovem por fora e mulher por dentro. A mulher que tinha uma praça no bolso, sonhava em responder de muitas formas à pergunta: "Como me movo na vida?"

Nos seus descansos e paradas, sempre chegava num pequeno espaço abandonado e tirava do seu bolso a praça que carregava. Numa noite, de tanto cansaço, em canto adormeceu e seus sonhos escorreram dos seus olhos... treparam pelos muros em heras, pintaram paredes e romperam em árvore. Despertou sendo a "mulher que vivia na praça de bolso" e não mais a "mulher que tinha uma praça no bolso".

Chegaram pessoas e mais pessoas que tinham casas, sonhos, desejos, nadas e tudos nos seus bolsos, mochilas e bagageiros. E todos conviveram ali. Criaram e dançaram o que traziam consigo. Mas tudo isso foi durante um tempo...

Até que grandes olhos se aproximaram: os Olhos que Conservam o Mundo. A mulher que vivia na praça de bolso era generosa e os deixou entrar. Sem cerimônia entraram e se sentaram. Os Olhos que Conservam o Mundo se aproximaram da mulher e a tocaram. Pediram carinhos, beijos, abraços e toques: "inofensivos... mocinha... chega mais", diziam com vozes de bafo frio. Ela dizia: "não é assim... não desse jeito." Eles a forçaram, insistiram, chamaram-na de "puta-vadia-fácil" porque "se-estava-sozinha-na-vida-tava-disponível-pra-eles". A amarraram, violaram e silenciaram.

O quase silêncio tomou conta das horas que se seguiram. Quando foram embora e a deixaram ali num canto da praça, o único som que se escutava era do choro de ardência de ferida aberta no interior da alma que sangra pela violenta invasão no corpo.

A mulher que vivia na praça de bolso, teve que juntar o que havia restado de si. Protegeu sua árvore com um pequeno muro. Mas os Olhos que Conservam o Mundo, no dia seguinte o quebraram. Ela construiu outro, só que com cacos das suas desesperanças e amarguras, "porque doía", ela dizia. Só que esse outro muro deixaram, porque era um muro menor.
Cansada, na escuridão do que antes fora sua morada, ela deixou aquele lugar.
O que contam é que depois que seus sonhos foram violados e pisoteados, só sabemos que agora, esta que um dia foi uma praça de sonhos, tem sido um lugar apenas para Olhos que Conservam o Mundo, em que nada floresce.
E a mulher se tornou Aquela Que Tem O Caminho Como Destino.

A fonte

Na fonte da praça dos santos e santas de um andrade, nas noites de verão, um homem costumava se banhar para refrescar o seu ardor e urgência de ser.
Na noite mais longa e mais quente daquele ano, seu corpo clamava água e fogo ao mesmo tempo.
Em desespero, na cidade que tem seus rios cobertos por ruas, ele saiu correndo e mergulhou nas águas rasas da fonte da praça dos santos e santas de um andrade.
No fundo, mas nem tão fundo assim, ele ficou. Seu fogo o consumiu por dentro, sua pele descamou. Então surgiram seios,

seu cabelo se avolumou, ganhou curvas, uma vagina cheia de vontade de acolhimentos, e manteve seu pau desejoso. Assim, em pelo, voltou para o seu lar em brasa de noite de verão.
A partir daquela noite, ela vinha sempre ali na fonte, para atrair com brasa no coração e cantos, para que se jogassem nas águas todas as pessoas urgentes em ser algo.
Também dizem que à meia-noite ela aparece e faz amor com os desesperados desejosos.

Tubos de ensaios

Nos tubos dos ônibus as pessoas esperam, chegam ou partem. Assim ensaiam partidas e chegadas. Os dois amigos estavam ali num fim de madrugada, num inverno do que eram suas juventudes. Eles esperavam o ônibus dela. Falavam sobre sonhos, vontades e desejos por novas cidades, novos trabalhos, novos estudos, novas vidas. Celebravam encontros. Eram amigos desde muito, a partir daquele dia. Se prometeram amizade para sempre. Se prometeram ajudar e ser parceiros. Apesar da distância. Da ausência. E do abraço amigo. Se despediram para se reencontrar longos tempos depois. Também foi o que se prometeram para si,

sabendo que o tempo para os sonhos é imprevisível.
Nos tubos de ensaio de esperas, milhares ensaiam os caminhares por novas vidas em velhos cotidianos. E você o que anda ensaiando?

O velho que traz uma chave consigo

Num dos rios que cortam a cidade há uma margem para se pedalar. Numa das margens de um dos rios que cortam a cidade, há uma ponte que leva de um lado ao outro, que não estreita diferenças e divide claramente as margens e seus marginalizados.

Numa noite de verão, um velho com cadeado em mãos veio até a ponte. "Raso demais", pensou. Não desejava ser uma Ofélia qualquer a boiar com flores, nem queria ser alimento dos urubus do centro da cidade. "No mínimo garças!" exclamava para si. Desistiu. Aquela noite não, apesar das águas não estarem tão frias. Pegou suas bolsas e roupas cheias de pedras e as lançou nas margens e fundo do rio. Era madrugada e a cada lançamento um urro de alívio.

Quando já não tinha mais nada para lançar, além da pele do seu corpo revestindo seu velho espírito, viu que lhe sobrava o cadeado com a chave nas mãos. O velho com o cadeado em mãos respirava feliz.

Um sonho antigo lhe veio, um sorriso o iluminou o rosto. Abriu o cadeado e o trancou nas grades da ponte. Guardou a chave consigo.

"Voltarei para destrancar quando o sonho se realizar." E foi caminhar naquela madrugada até um lar que o abrigasse e o fizesse se sentir em casa.

Quais sonhos se guardam em fluxo de um rio trancados com um cadeado?

Um rio que percorre teu olho

O jovem dos olhos cor de árvore se invernou ao longo dos anos. Se tornou seco e sem folhas. Seus olhos cor de árvore se acinzentaram e murcharam. Num dia de novos ventos, enquanto caminhava numa manhã de setembro de um ano, um pássaro cantou novos ares num de seus ouvidos e lhe deu uma flor. Ele comeu. Um rio percorreu seu olho. O jovem dos olhos cor de árvore verdejou e ao longo daquela estação floresceu por caminhos que percorria. A quem encontrava entregava flores que brotavam dos seus longos dedos. Até que depois de tanto andar ele parou num gramado. Seus pés enraizaram e ele cresceu arvorescendo. Lá do alto, sendo também galhos e folhas, ele viu um pôr do sol. Ao longe, uma mulher que parecia ter o caminho como destino, corria até desaparecer entre as inúmeras ruas, o corpo de um velho era avoado em garças de fim de tarde aos céus, uma pessoa ardente iluminava uma fonte, e um tubo dançou num ensaio.

Dizem que ele observa e sorri para os passantes que trazem consigo flores e borboletas na alma. Dizem também que ele-árvore lança suas folhas e flores para todos que dançam por aqui, porque segundo ele, assim as borboletas e flores se libertam dos nossos corpos.

O que nos resta, se não dançar debaixo das árvores para vermos borboletas e flores brotarem de nossos peitos?

2

O terminal do início de Guadalupe

Guadalupe, Lupe para os íntimos, ganhou esse nome porque sua mãe, imigrante mexicana, devota de Nossa Senhora Guadalupe, quis assim homenagear a sua padroeira: "Que la Virgen te bendiga mi hija."

Lupe nasceu no dia 12 de dezembro (dia comemorativo da padroeira) de um ano qualquer do final da década 1970. Lupe morava com a mãe em Colombo, na Região Metropolitana de Curitiba. Sempre morou lá porque era o que lhe acomodava nas finanças, mas dizia para si que era por escolha, por desejar estar próxima do "descobridor" das Américas. Já Lupe odiava o usurpador desde pequena: imaginava voltar no tempo para incendiar as caravelas no dia da invasão ibérica.

Lupe vivia entre as duas cidades, Curitiba e Colombo, e o Terminal Guadalupe era o porto de chegada e partida. Negra, conforme os anos passaram, frequentava mais o terminal e o Santuário, que fica ali do lado. Na adolescência também passou a frequentar as inúmeras lojas do "compro cabelo", para se imaginar diferente: blondie, ruiva ou morena.

Se imaginava muitas, porém era Guadalupe preta que não se imaginava. Cada vez menos.

Lupe fez todo o tipo de trabalho para sustentar sua vida e de sua mãe mexicana, para terem um futuro mais glorioso que as protagonistas das novelas admiradas por sua mãe: Maria do Bairro, la Usurpadora, Carrossel...

Com os anos e a vida adulta, o glamour das telenovelas se tornaram uma amarga frustração. No entanto, tentava não se resignar com sua vidinha na cidade com o nome do invasor. Por isso, um dia cansada de sua luta diária entre os terminais, Lupe terminou aos prantos na escadaria do Santuário. "Como lutar numa cidade que não me enxerga?"

Ficou ali sentada, parada, enquanto os ônibus do terminal iam, vinham, terminando e iniciando os seus trajetos.

Até que se levantou, foi no compro cabelo da esquina e pediu para cortar até a raiz. "Não vou mais alisar. Basta!"

Vendeu o seu passado por alguns trocados. Olhou-se no espelho e disse para si mesma: "Eu me chamo Guadalupe. Sou esse ser humano entre terminais, mas não posso permitir que me terminem!". Passou as mãos na sua cabeça e pode sentir a vibração das suas raízes.

O amor dia a dia

Semana morava num palacete e tinha muitos amores. Sempre foi apaixonada por Domingo, tinha grande tesão por Sexta e Sábado, mas era Segunda a sua leal e fiel companheira: sempre lá para lembrar das tarefas do dia a dia. Terça quando aparecia era querida até as primeiras horas, depois sempre se mostrava num sufoco de quem precisa ser acolhida. Quarta demandava muitas energias e era confusa, falastrona que só ela, dizia que era influência de Mercúrio! Já o amor de Quinta era dos piores - jogava Semana quase no fim - a bem da verdade é que Quinta traía a Semana com Sexta, e isso a deixava de ressaca. Mas o brilho de Sexta dava novos ares para Semana revigorar a sua vontade de seguir, e por isso sempre a perdoava com o brinde de vida e fôlego que ela lhe trazia. O fim de Semana era tempo de se deliciar com Sábado, que parecia sem fim de tão alegre e esfuziante. Terminava sempre acabada para se jogar nos braços do mais carinhoso amante: Domingo. Só que era Segunda, sua incondicional companheira, que lá estava a espera depois que todos já tinham ido, para lembrar que tudo pode recomeçar e ser acolhedor na difícil e árdua vida de Semana.

Quinze segundos

Quinze segundos passamos por eles e não vemos.
Quinze segundos que poderíamos parar e olhar para dizer um oi, tudo bem? Como vai? Para obter uma resposta.
Quinze segundos que poderia ser de um sorriso ou apenas de troca de olhar sincero e fundo.
Quinze segundos guardados pelo medo, dúvida e insegurança.
Quinze segundos veiculados em manchetes sensacionalistas sobre aqueles que moram debaixo das marquises da XV.
Quinze segundos desperdiçados pelo temor de não saber como agir

Quinze segundos engolidos pela dúvida e ausência de um verdadeiro e impossível acolhimento.
Quinze segundos em vão sem saber como se chamam, se João, José, Lúcia, Carlos, Helena, Jéssica...
Quinze segundos sem respostas porque aprendemos que é melhor assim.
Quinze segundos sem fim que imaginamos que a vida é injusta e que o sistema é cruel.
Quinze segundos que ignoramos e fechamos os olhos para aqueles que habitam a XV.

Quando as portas dos velhos casarões, sobrados, galerias e edifícios se fecham, XV segundos sem sentir totalmente nada, XV segundos já se passaram, não sou mais nada em XV segundos, não sou mais em XV segundos, e a XV continua povoada por aqueles que insistimos em não ver.

A fada madrinha

Ludmila era frequentadora do cine pornô Lido 1.
Ludmila era travesti.
Ludmila era trabalhadora no cine pornô Lido 1.
Em suas jornadas no Lido 1 fazia uns trocados, ganhava amantes, fazia amizade com frequentadores, era conselheira de jovens inexperientes, terapeuta dos velhos sofredores e de maridos carentes. Ludmila tinha quarenta anos. "Corpinho de trinta com alma de mais de três mil encarnações!" e completava dizendo que trazia no espírito o suor libidinoso da putaria do Egito antigo.

Na noite de sexta era fim de seu expediente no Lido 1, que começava às 16h. Fim do segundo turno da jornada de Ludmila (o primeiro turno era como manicure num salão próximo da Travessa da Lapa). Naquela noite parou no bar para um pedaço de pizza com taça de vinho. "Sim! Com vinho! Porque todas merecem ser recompensadas do árduo trabalho!!!". Lá encontrou a jovem Ângela, em seus dezoito anos, que se arrumava para sair com a amiga. Ângela sofria para colocar os cílios postiços. Prontamente Ludmila se levantou: "Te ajudo lindinha!" E num piscar de olhos os cílios novos iluminavam a moça. "Deixa eu fazer o acabamento: batom e delineador, lindinha! Deixe-me fazer! Nós mulheres viemos para brilhar nesse mundo! Para brilhar lindinha!!! Para brilhar!!!". Ângela agradeceu e com o espírito brilhante saiu. Ludmila retocou a maquiagem, recuperou o seu brilho e seguiu para sua terceira jornada de trabalho naquela madrugada, na rua.

Um lugar para sonhar

Silva era morador de rua.
Silva NÃO era morador de rua.
Silva estava em situação de rua.
Silva era curitibano e as ruas se tornaram seu lar.
Tinha amigos. No dia em que viu a porta da biblioteca aberta resolveu frequentá-la. Silva era ávido leitor de jornal e revistas e no conforto do silêncio do prédio reencontrava-se nas notícias. Um dia Silva encontrou novas poltronas no salão de leitura da biblioteca. Ao sentar-se, sentiu um descanso, um conforto que havia se esquecido, e Silva sonhou.

Silva sonhou com um jardim, um rio, e que tomava banho numa cachoeira. Silva era feliz no sonho. Ria e gargalhava como há muito tempo não ria e nem gargalhava. A vida tinha arrancado o desejo dele de rir e gargalhar.
Silva acordou com um tapinha no ombro vindo de um segurança. Constrangido ele falou: "Ô rapaz, pediram para te avisar que é proibido dormir aqui dentro", "Mas eu tava sonhando", "Ordens... é proibido", "De sonhar?", "Já falei e não vou repetir, ordens. Vaza!". Silva foi embora. No dia seguinte, ao retornar, as poltronas foram retiradas. Disseram para ele que por causa de manutenção. Só restou para Silva ler no conforto do silêncio do prédio as notícias de um mundo em declínio, sem poltronas para os sonhos de quem não as têm.

Imóvel na Rua do Riachuelo

imóveis abandonados
móveis em imóveis
imóveis e móveis usados
casas velhas
fachadas abandonadas
imóveis novos
grandes empreendimentos
gentis gentrificações
imóveis para especulação
imóveis diante da especulação.

Água dos céus em homenagem protesto

Desapropriado de suas terras, um casal veio de longe. Foram obrigados a abandonar suas origens, seus saberes com a terra... Caminhavam em marcha manifesta até o final do Centro Cívico para falar com o Governador: "Queremos as nossas terras de volta!" Falavam para todas as pessoas na frente do Palácio do Governador.

Depois de tanto esperar e não serem atendidos, o casal resolveu caminhar em direção ao pôr do sol. Tinham sido muitos os dias de espera e não foram atendidos. Comeram um pouco, num silêncio frustrante. Caminharam pela avenida.

"Se o Governador não nos ouviu o sol há de fazê-lo". Cantavam a cada passo, lembrando de suas terras. Ninguém os viu, pois todos estavam preocupados com seus afazeres. Os seguranças do shopping isolaram a entrada do edifício para que a presença daquele casal não ofendesse os clientes. Mas ninguém percebeu, todos estavam com os olhos voltados para os celulares, carros, retrovisores e num pensamento ligeiro e raso sobre um futuro incerto.

O casal parou ao pé de uma árvore na praça.

O Deus Sol ouviu seus cantos e respondeu: "Não intervenho na justiça dos homens." E resolveu aquietá-los numa morte silenciosa, indolor e rápida, para sanar suas dores de alma. Levou seus espíritos para suas terras e os derramou em chuva. Desde então o sol, em Curitiba, tem vontade de se esconder por vergonha da gente que se esquece que em Curitiba é palavra tupi-guarani que fala de aglomerados de porcos, de pinhos, e que Paraná significa "que se parece um mar".

Talvez por isso, em Curitiba chove tanto. Em vergonha, mas também em lembrança-protesto-homenagem àqueles todos... É choro dos céus para lembrar que Curitiba pertence a muitos povos originários que foram expropriados de suas terras.

3

Maria Poeta

Maria Poeta vinha à Praça General Osório pelo menos de segunda a sábado. Só não aparecia por lá quando não tinha que trabalhar, no domingo. O relógio era seu ponto de referência quando descia na Rui Barbosa. E andando cruzava a Osório.

Ali sabia se estava atrasada, adiantada, no tempo, na hora. Ali sabia que eram mais 2 minutos até a sua patroa. Sua patroa morava mais adiante na subida para o Batel. Maria Poeta era doméstica: trabalhava e sustentava a casa, os filhos, e os netos, e os filhos dos outros. Somando com a renda do marido João Pedro, sobreviviam sempre no limite do que se

conhece como felicidade mínima quase possível. Apesar do cansaço, Maria Poeta se dizia feliz.
O importante para ela era ver a comida que chegava na sua mesa e que seus filhos estudavam. Maria Poeta só tinha o primeiro grau e incompleto.
O pouco estudo formal foi o suficiente para ser uma devoradora de livros de poesia que ela lia para os filhos. Sonhava com um futuro melhor para eles.
No trajeto de Almirante Tamandaré para o centro da cidade de Curitiba, olhando a paisagem recortada pela janela do ônibus, Maria descansava - era a única hora que sonhava, enquanto escrevia sobre as pequenas coisas da vida que alimentavam a sua alma. Como mulher vivida, ela poetiza a percepção da poesia que o floquinho de poeira irradia através do feixe de luz.
Se olhava no espelho e reconhecia os caminhos da vida que as rugas do seu rosto marcavam em sulcos para os rios de tantas lágrimas, suores e gargalhadas.

Boca Maldita

Um dia estava adiantada para o trabalho e resolveu parar no relógio da Maldita. Os dias estavam pesados. A leveza que às vezes encontrava havia se dissipado. Olhava ao redor e algo lhe dizia que tinha alguma coisa errada.

A patroa andava reclamando do seu trabalho: "Ai Maria, deixa de ser distraída e concentra no teu trabalho porque você não tá dando conta. Tu tá ficando velha? Vai se aposentar?". Maria tentava responder: "Não é distração senhora. É poesia. É salvação."

Mas acabava dizendo: "Está bem senhora... está bem. Não é nada... Não é nada... Vou ficar atenta... Vou ficar atenta."
Naquele dia, Maria parou ali debaixo do relógio, o desespero dos dias foi inflamando dentro do peito, a garganta secou, os olhos transbordaram e ela se perguntou para que aguentar tanto maltrato. Veio um grito em imenso silêncio que vibrava suas entranhas.
Quando cessou viu que estava sozinha. "Hoje vou fazer diferente. Hoje eu não vou ser Maria, a doméstica! Ahhhh, hoje ninguém me domestica! Hoje eu serei a Maria Poeta! Ela pegou o seu caderninho rabiscado de esboços poéticos das paisagens cortadas pela janela do ônibus e desatou a escrever. E a andar também. Escrevia e andava. Escrevia e vagava entre as linhas do caderno. Andava com a caneta escrevendo seus passos.

Osório

Maria gostava de observar os movimentos dos cantos da Osório; de escutar os cantos dos amores das esquinas da praça; de ouvir o Seu Sebastião, que devia ter um pouco mais de 50 anos e morava nas redondezas numa kitinete. Era solteiro, mas casava-se quase todas as noites com os garotos de programa da General. Tinha predileção pelo Paulo. Casaram-se e descasaram-se muitas vezes. Tinha uma vida agitada e divertia-se vez ou outra no cinema Lido 1.

Na penumbra do Lido, conversava com Ludmila, uma travesti muito amiga sua, mas era Paulo que Sebastião procurava tateando os corpos envoltos da escuridão do dark room e nas surpresas encontradas nos buracos da glória.

Nos cantos e desencantos da Osório era, no fundo, a si próprio que Sebastião procurava e não achava. Era na tentativa de confidenciar a Maria que achava uma saída, ao menos no riso de suas histórias cabulosas. Maria escrevia.

Chorões

Cinco irmãos e mais duas irmãs. Todos foram criados por uma mãe solteira, filhos de alguns pais diferentes que sempre a abandonaram. Todos moravam numa casinha de fundos de um casarão que moravam empilhadas mais outras tantas famílias de mães abandonadas.

Naquela manhã desceram a rua correndo em brincadeira moleque de criança travessa. Os meninos na frente, a mãe preocupada vinha atrás com as duas meninas. A molecagem inocente não deu a devida atenção: correram e atravessaram a rua sem ver; a mãe, mais do que atenta, em instinto de proteção, correu na direção dos filhos; jogou-se na frente deles; carro em velocidade alta na desatenção do motorista dono da cidade sem freio suficiente para parar a tempo; o golpe certeiro fez voar os irmãos, a irmã e a mãe. A menina ainda Maria, na margem da calçada, viu tudo e a todos. Um choro silencioso secava a sua garganta. Só chegou perto da mãe jogada no chão, que olhou pra ela e soprou-lhe a última vida: és Maria Poeta.

Esquina Taunay

Quando mais jovem, Maria se descobriu apaixonada por Bárbara. As duas sempre voltavam no mesmo ônibus e trocavam olhares e sorrisos. Num dia conversaram na ida ao trabalho. Se despediram na esquina e combinaram de voltar juntas para o terminal. O ponto de encontro era ali naquela esquina à noite. Quando em sua espera Maria viu Bárbara, a certeza do sentimento expandia o seu peito de felicidade. Se olharam diferente: "Como você é linda!" disse Bárbara, "São seus olhos... estou tão cansada do serviço, você que está linda!" respondeu Maria. Bárbara retribuiu com um brilho nos olhos. À sombra da rua se aproximaram e se beijaram. O gosto de suas bocas saboreava a conversa de mãos dadas, enquanto caminhavam juntas naquela noite. E em outras muitas noites seguiram assim, por um tempo, enquanto o amor delas existiu.

Centrel

João, nordestino, veio do interior da Paraíba. João não tinha uma casa que era sua. Morava de aluguel num pequeno imóvel num conjunto habitacional que pagava com esforço, em Almirante Tamandaré. João carregava no seu nome o seu ofício. João carregava Pedro em seu nome. João Pedro era pedreiro. Trabalhava na construção civil construindo com suas mãos as casas para os outros por toda Curitiba. Principalmente nos novos empreendimentos dos mais ricos, no Batel, perto do Centro. No Centrel. João era casado com

Maria há muitos anos. Se conheceram numa tarde de baile de clube, quando ela já mulher em corpo de moça, marcada pelas dores da vida, segurou suas mãos jovens e calejadas de quem começa a trabalhar desde muito cedo. Quantas moradias João já tinha construído? Quantas casas que vão se lembrar do João quando forem compradas?

O sangue e o suor do João se misturam ao cimento, ao concreto que erguem os edifícios que cortam a paisagem da cidade. O sangue e o suor de João são ligas para a mistura que ergue a cidade. Mas ninguém lembra. Só João, só a Maria... só aqueles que sabem do valor dos seus trabalhos.

Osório 2

Maria volta para Osório tarde da noite depois de ter vagado o dia inteiro. Encontra uma carta de tarot no chão. Um homem mago, grande e barbudo olha pra ela e diz: “É tua agora... você a achou. Tua Nova Vida deve ser vivida. Não tenha medo de descobrir algo sobre você. Saia da caverna como esse Jasão, esse mesmo que carrega o fogo, vá lá, e há uma vida para ser vivida, Maria Poeta.” Depois ele desapareceu. Maria finalmente chorou.

Rui Barbosa

Maria sabia que não tinha como largar o seu trabalho, mas não deixaria de escrever no seu caderninho a partir daquele dia. Talvez fosse procurar outra casa para trabalhar. Talvez. Sabia que maus tratos não eram mais aceitos. Não havia mais choro seco. Só transbordamentos.

No terminal a vida não termina. Antes de voltar para casa, passa na vendinha do Francisco, seu filho, que carrega no nome um rio que o pai João amava e pode matar as saudades daquelas águas. Quando encontra Francisco ela conversa um pouco com ele em sua vendinha de cacarecos importados de curta vida. No carinho do encontro, espera João Pedro, que volta de um dos seus trabalhos. E juntos, os três pegam mais um ônibus, em mais um dia de suas vidas.

4

Distopia

Trago lembranças de um futuro de 2068. Daqui a 50 anos. O que eu preciso dizer é urgente. A cidade será bem diferente do jeito que conhecemos hoje. Os prédios antigos serão removidos para novos grandes empreendimentos, e assim atender ao slogan da cidade modelo e do futuro. O centro, em muitas áreas, terá aterros sanitários, estacionamentos e centros comerciais. Bem... isso não é tão diferente de hoje, não é mesmo? Mas muita coisa vai mudar drasticamente depois de setembro de 2018. Muita coisa. Porque a história pode ser cíclica. E estou aqui para convocar para interrupção desse ciclo de repetição. Te convido para isso.

Depois do dia 29 de setembro de 2018, na manifestação das mulheres contra o fascismo, na manifestação do "Ele não", duas mulheres se conheceram. Gerusa e Ludmila. Nunca tinham se visto e lá entre palavras de ordens, gritos de desabafo e mãos dadas entre todas e todos, cruzaram seus olhares e sorrisos. Caminharam juntas.

Gerusa era uma jovem professora de História da rede estadual de ensino. Trabalhadora de um sistema precarizado do PSS, nas incertezas das suas horas de trabalho semanal e da continuidade do seu posto de trabalho a cada ano. Dizia a si mesma: "Já me acostumei com isso". Mesmo com o seu coração cansado, por algum motivo muito íntimo, estar em sala de aula valia a pena. Os encontros com os estudantes eram potentes diálogos sobre a vida e os processos históricos. Isso tudo a enchia de um jeito que motivava mais ainda para continuar lutando e não se conformando.

Ludmila era uma travesti que trabalhava em três turnos: no primeiro era manicure num salão perto da Travessa da Lapa, no segundo era prostituta/terapeuta/conselheira no Cine Lido 1 e no terceiro... bem no terceiro era uma continuidade do trabalho do segundo turno, só que nas ruas, para garantir o extra.

No final da manifestação trocaram um abraço, nomes e números de telefone: "Prazer sou Ludmila", "Prazer foi meu, sou a Gerusa". Dias depois, durante a semana, Gerusa foi no salão para fazer as unhas num centro comercial perto da Travessa da Lapa e encontrou ninguém mais e ninguém menos que Ludmila. O seu coração desconcertou num compasso só de alegria. E mais ainda quando se encontraram nos olhos. Ela se sentou para ser atendida por Ludmila, que pegava nas suas mãos, cuidando com o carinho de quem quer bem ao ser amado. Entre uma lixada, retirada de cutícula e pincelada, as unhas ficavam tão lindas como os sorrisos confidentes trocados entre elas ao ouvir suas histórias. Quando terminou, Gerusa convidou: "Aparece lá na roda de samba no sábado à noite, antes do dia das eleições."

Sábado, 6 de outubro de 2018, se encontraram na tal roda de samba que ficava no quintal de uma das casas da família da Gerusa, no Rebouças. Pertinho do que foi um dia a Escola de Samba Colorado, uma das primeiras de Curitiba, a escola de coração dos avós dela. Ainda moravam perto de onde o coração, ainda em compasso, sambava de saudade dos tempos daqueles sambas.

"Pode ver Ludmila, sou preta como toda a minha família curitibana" dizia Gerusa numa saia amarela Oxúm rodada em giro de amor, para uma Ludmila radiante num vestido vermelho Iansã. Cantaram e dançaram até o dia raiar. Juntas num carinho que nunca tinham encontrado antes. Ludmila havia se desacostumado do cuidado e atenção, já que era ela quem sempre ofertava. Felizmente seu coração não tinha endurecido e se permitiu seguir o baile amoroso de Gerusa, que depois do dia raiado, a levou para o quarto para se amarem como só elas poderiam se amar.

Casaram-se no fim de um ano de namoro e depois de um tempo tiveram uma filha, que deram o nome de Mariele. No nascimento, Gerusa falou: "Em homenagem a quem luta por gente como a gente, Ludmila". Mariele era filha de uma mulher preta e com uma outra mulher travesti. Mariele tinha duas grandes mães que a amavam

Os anos que seguiram 2018 não foram nada fáceis. A sombra de retrocessos reacionários avançava em muitos aspectos e escalas da vida. As lutas eram constantes e as perdas de direitos cada vez maiores. A crise política também era social, cultural, econômica, sanitária individual, coletiva, nacional, mas num mundo globalizado, como não dizer também que era internacional. Só que a crise avançava a passos largos e duros.

Por tanto militar e atuar de forma crítica dentro de sala de aula e por se posicionar contrária às forças governamentais, Gerusa foi presa pelas forças policiais. Um vídeo seu circulou pelas redes sociais, em que dizia: "Não importa o nome do governante fascista, é mais do que uma personificação, é o modo alienante e fácil de pensar e agir que penetra todas as camadas da existência, impedindo a vida de acontecer, formatando exclusivamente como deve ser." Entraram na escola para prendê-la, era um ato/gesto opressor, regulador e disciplinador. Gerusa deveria ser calada na frente de todas as pessoas da escola como uma lição. No meio da aula as forças policiais entraram com o mandado de prisão, ela gritava que não poderia "ser feito assim", e dos corredores se ouvia "vocês só estão me prendendo assim porque sou mulher e preta!". O medo e o horror tinham tomado conta de todas as pessoas e ninguém conseguiu reagir. Só assistir, mais uma vez, a injustiça e a opressão diárias do cotidiano. Mais uma vez.

Ludmila percorreu por delegacias a procura de Gerusa e não obtinha respostas. Os tempos eram cada vez mais sombrios e as notícias eram atualizadas mudando a narrativa. Gerusa que um dia era professora, se tornou professora-presa-desaparece, para militante-presa, para impostora-de-professora-louca-condenada, para terrorista-doutrinadora-condenada, para sociedade-de-bem-consegue-mais-uma-vez-fazer-justiça-e-derrota-o-mal, para acabou-a-corrupção, para o-final-do-campeonato-brasileiro-traz-alegria-para-a-nação. Daí Gerusa já não era nem mais notícia e ninguém mais sabia quem, onde, quando... Só os mais próximos, Ludmila e Mariele que queriam ainda saber.

Ludmila envelheceu 30 anos em 30 meses sem notícias. Mariele crescia com a força da dor de terem arrancado uma de suas mães. Essa mesma força a tornou uma adolescente ativa e organizadora do movimento de familiares em busca de parentes desaparecidos. Era o consolo de Ludmila, saber que o espírito brilhante e rebelde permanecia vivo na casinha do Rebouças.

Mas a história acaba se repetindo muitas vezes. A história acaba sendo cíclica, ou pelo menos aparenta ser. Desde 2018 já haviam passado cinquenta anos e o avanço sombrio parecia já não ter recuo de tão bem instalado.

Ludmila morreu de um ataque cardíaco aos 90 anos, numa manhã de agosto de 2068. No funeral, Mariele falou: "Minha mãe Ludmila virou purpurina, morreu sem saber onde estava, onde está a minha mãe Gerusa. Morreu sem saber dela. Seu coração sempre doeu por isso."

Mariele, mulher preta, filha de Gerusa e Ludmila, além de presidenta do grupo de familiares e amigos dos presos políticos era também sambista: "Tá no meu sangue, no sangue Colorado colorido. Sou filha de uma mulher preta e de uma travesti, fruto do amor Colorado dos meus avós!". Na noite de 29 de setembro de 2068, Mariele reúne os melhores sambistas da agremiação. Saudosista do Colorado, resolve fazer um show nas ruínas do Teatro Paiol em homenagem as suas duas mães. Foi emocionante. Muita gente estava lá, todos desatando um nó na garganta.

Só que na saída do teatro, já era de madrugada quando Mariele acompanhada de suas amigas, ia na direção de casa e dois homens encapuzados se aproximaram. Quatro tiros certeiros e ágeis a executaram na frente das pessoas. Os dois homens saíram correndo pelas escuridões do Prado Velho. Mariele nem teve tempo de ser socorrida, caiu ali no chão aos gritos e prantos de quem estava por perto. Não preciso dizer que nunca se soube ou se saberá quem e porque mataram Mariele, nem preciso dizer que o assassinato dela foi encomendado, foi um silenciamento, mais um aviso desses para ficarmos sem reação, calados, atônitos, amedrontados, diante de tanto horror e bestialidade.

O tempo também é cíclico, e podemos fazer algumas mudanças e tentar alterar o rumo da história. Por isso eu vim até aqui para te contar essa história. Essa lembrança do futuro. Guarde tudo que te falei, conte, sei lá, faça chegar as pessoas. Porque a história até pode ser cíclica, mas podemos fazer diferente.

5

Acorda amor

Betânia e Téo eram irmãos gêmeos de 7 anos de idade. Moravam próximo ao centro da cidade de Curitiba. Eram criados apenas por sua mãe Joana, mulher trabalhadora que sustentava com o que podia de suas forças a vida com eles. Viviam também com o gato Antônio, um senhor gato de mais de 15 anos, que sempre esteve com Joana desde os seus mais tenros meses.

Do alto do prédio que moravam, assistiam a cidade em horizonte e tinham o privilégio de poder ver o pôr do sol. Era o momento predileto deles quando os céus curitibanos permitiam. A permissão do tempo sem aguaceiro também era tema para que pudessem pedalar na praça perto de casa. Quando acontecia era diversão na certa.

Um dia Joana voltou para casa cansada, carregava nos ombros a preocupação dos explorados sem fim. Voltou pálida da exaustão de quem se deixou esvair pelo tempo trabalhado. "O que houve mãe?" perguntou Betânia. "Nada filha... nada... só estou muito cansada", respondeu a mãe que se aninhava no sofá tirando os sapatos gastos para um pequeno descanso, porque ainda tinha o trabalho da casa a fazer. Mas Joana não acordou. O sono foi tão profundo e parecia carregá-la para longe.

Téo e Betânia esperavam a mãe acordar e brincaram na sala, de onde dava para ver a cidade escurecendo. Naquele fim de tarde não haveria pôr do sol. Nuvens carregadas pesavam o horizonte e tomavam conta dos céus. Só que essas eram nuvens diferentes... pareciam não se mexer e adensavam o céu tamanho o peso que tinham. Pareciam cobrir pra muito além da cidade. "Fecha a janela Betânia! Fecha a janela!" gritava Téo. Mas não choveu. E ao escurecer a cidade não acendeu. Ficou às escuras... Joana não acordou. Do alto da janela as ruas estavam vazias, a praça não tinha uma alma viva, as janelas das outras casas com tudo apagado como se ninguém estivesse por lá, ou como se todos estivessem dormindo. Tudo ficou mais grave... não se ouvia mais o barulho da cidade, nem carros, nem ônibus, nem ninguém gritando ou falando alto. Ao ligarem a televisão os jornalistas dos telejornais dormiam em suas bancadas, nos programas de auditório o público se encostava um no outro para se aconchegar, o apresentador dormia no palco. Na rádio só se escutava o ronco dos radialistas. Nos grupos das redes sociais nem os emojis de soninho davam sinal de vida. O mundo tinha estranhamente dormido e apenas Betânia, Téo e o gato Antônio que não.

Os irmãos se olhavam na dúvida do que fazer, quando foram interrompidos pelo ronronar estranho do gato que se aproximou e lhes falou: "Não há tempo para temer. Sou velho e sábio. Sei de coisas que vocês não têm ideia. O peso do mundo das pessoas desabou por cima de todas as criaturas. Tudo dorme. E só a magia das coisas mais simples para acordar. Sigam o que tenho para falar, façam comigo, que quebramos essa força sombria que faz dormir o mundo." Betânia e Téo não hesitaram e prontos se colocaram. Antônio completou "faremos cinco atos mágicos." Ainda ordenou que pegassem lanternas, suas bicicletas, calçassem os sapatos que iriam juntos para a rua. E assim fizeram, e assim saíram.

Ato 1

Chegaram na fonte da praça, os três se agacharam até as águas e lá Antônio, em seu miado, ensinava: "Lavar os medos para poder seguir nesse mundo. Devemos lavar os medos com o carinho de quem tem a coragem para seguir nessa vida. O perfume da coragem nos inspira. O perfume da coragem exala o melhor dos cheiros." E os três lavavam suas mãos, braços, nucas, patas, dorsos. Téo dizia "Tenho medo de nunca mais poder brincar!", "Tenho medo de ficar sozinha!" exclamou Betânia. A água lavava aquilo que estava entranhado, mas também refrescava e inspirava o cheiro dos sonhos.

Ato 2

No caminho da rua de pedestres havia árvores enfileiradas que Antônio chamou a atenção: "Quando que olhamos para elas? Elas estão enfileiradas nesse lugar e ninguém percebe que elas estão aqui para o abraço e para escutar os mais secretos segredos." Se aproximaram com os devidos cuidados e reverências que uma árvore deve ter. Se aproximaram para contar pra elas os segredos que só as crianças têm. Segredos que se esvaem no endurecimento do tempo. Contaram os seus segredos para não esquecer. E ouviram das árvores os segredos e mistérios da vida, que de tão misteriosos não conseguiam colocar em palavras, mas sentiam. "É pra lembrar... pra lembrar para não esquecer de quem são vocês, de quem somos nós, e quando esquecer, num dia qualquer do futuro, perguntar para eles e lembrar que um dia vocês contaram um segredo. O pior perigo da gente humana é o esquecimento..." - falava o gato Antônio para os irmãos em seus 7 anos.

Ato 3

Com suas bicicletas pedalaram até a escadaria do imenso e famoso prédio branco da universidade. Pararam e a imensidão era impressionante para as crianças de 7 anos. O prédio era maior do que realmente era. Era um grande palácio que habitava seus imaginários secretos. A escadaria era tão convidativa com suas colunas, que os três começaram a correr de um lado a outro. Se olhavam na cumplicidade fraterna de quem compartilha o prazer de brincar. Corriam como quem voa em sonho, saltavam em gargalhadas que ecoavam o vazio da cidade, davam cambalhotas no chão num só tempo. Tudo era suspendido numa felicidade genuína que tinham até se esquecido dos pesados motivos que os levaram até ali. A liberdade dos seus corpos, ainda pequenos, ainda cheios de vontades de vida, os gritos agudos de explosão de riso irradiavam em transbordamentos de si. A vida era aquilo ali e apenas era. Apenas.

Ato 4

Ao retomarem suas bicicletas, suados da dança brincadeira, tocavam as sinetas pelas ruas da cidade vazia. Tudo parecia mais um grande parquinho, era isso, a cidade se transformava num grande parquinho para brincar. Sem medo, sem temor, sem pudor ou vergonha de ser gente na cidade. Os três pedalavam sinetando com o clamor: "Acorda amor! Acorda amor! Acorda! Acorda!"

Luzes esparsas acendiam nas janelas dos prédios e casas. E pouco a pouco as casas foram se agitando. Uma ou outra pessoa acordando. Uma ou outra se espreguiçando nas varandas. Pouco a pouco a pesada e inerte nuvem se dissipava. Alguma coisa estava diferente.

Ato 5

Os três pararam depois de tanto pedalar para ver o lago do parque. Suados com o frescor de quem faz travessura, olharam a imensidão das águas contornadas. Tudo era o que tinha que ser na contemplação dos detalhes do lago, que era morada de garças, caminho para pedalinho, espelho de céu, lembrança de vida na cidade. O lago de águas mansas trazia a clareza de pensamento. Téo e Betânia, apesar dos sete anos, tinham claro isso. E só contemplavam, porque não há restrição de quando se deve contemplar a vida.

Epílogo

Voltaram para casa. E do corredor do prédio já sentiam o cheiro de comida assando no forno quentinho. Joana ouviu o barulho deles e abriu a porta com um sorriso bom de quem havia acordado de um sono pesado. Apressou as crianças para um banho, limpou as patas de Antônio. Se sentaram mais tarde ao redor da mesa e contaram para sua mãe o que tinham vivido. Ela só escutava sem medo e sem repreendê-los, lembrando que um dia também foi criança, gargalhando, se emocionando, arrepiando a coluna no desejo de correr como eles, acordando em si um sorriso que tinha esquecido ao contemplar seus filhos à sua frente. E

Antônio se aninhava, ronronando, porque tinha feito muito esforço naquele dia para um gato de 15 anos.

6

Gilda

O último dia de vida de Gilda aos 75 anos, foi marcado por uma caminhada pelo bairro que ela morava, o Bacacheri. Ela sabia que era seu último dia. Sabia por intuir, sabia por achar que sabia. Ou simplesmente ela sabia por que sabia da certeza de quem tem a lucidez que sabe quando é seu fim.

Gilda trazia nas marcas da pele dos seus 75 anos, as alegrias e tristezas da sua vida. Marcas sulcadas pelo viver de quem muitas vezes tem que sobreviver para estar de pé no dia seguinte. Os seus últimos dias não foram nada fáceis. Talvez por isso a necessidade de sair, nem que fosse pela última vez, pelos lugares que ela tanto amava, para se despedir num último olhar para aquilo tudo que tinha vivido. Ela fez um acordo consigo mesma: piscaria os olhos três vezes, enquadrando a paisagem que lhe trazia o aconchego das mais intensas lembranças. Piscaria três vezes como se fosse uma máquina fotográfica, para levar consigo uma última imagem. Pensava: "para não esquecer, nem morta!" e ria, e chorava no meio do seu riso misturado ao sabor salgado das lágrimas.

Dias antes tinha feito o jogo das piscadas de olhos com os objetos de sua casa. Piscava os olhos como quem fotografava para registrar na retina.

Resolveu entregar e dar tudo que tinha em casa. Cada coisinha, papelzinho, bonequinho, olhava, piscava três vezes, ria ou chorava, ou apenas não se lembrava, para depois embrulhar e colocar numa caixa com destinatário certo. Com outras coisas se desfez, pôs fogo e dançou nua ao redor como uma velha bruxa exorcizando o passado. Outras embalou em sacos pretos como cadáveres: "Já vai bastar o meu que vão ter que levar daqui..." Limpou a casa, pegou suas plantas e as plantou nos canteiros da rua e das hortas de calçada. Transbordava a casa para além dela. Esvaziava. Ficando a casa cada vez mais ampla. Também esvaziava seu corpo que ia emagrecendo a cada dia. A cada dia mais leve. Pronta para voar.

Os armários foram ficando vazios, as estantes só tinham uma fina poeira que as ocupavam, e os cômodos se abriam em espaço. O porteiro perguntou: "Vai se mudar Dona Gilda?". Ela piscou 3 vezes e respondeu: "Vou... e em breve". Era a imagem do Seu Eduardo sorridente que ela quis guardar como lembrança da mudança que estava para chegar.

No dia de sua morte, Gilda já com a casa quase vazia, tinha apenas: uma cama com colchão, um jogo de lençol, cobertor, uma mesinha para acomodar suas roupas, um fogão, uma geladeira com duas maçãs, dois tomates, uma cebola, um pacote de macarrão, orégano fresco colhido na horta de calçada, uma garrafa com a sobra de 100ml de vinho tinto dos dias anteriores, um frasco com sal, uma garrafa com um resto de azeite, uma prateleira com um prato, um garfo, uma faca, uma colher, uma taça de vidro, uma esponja, um sabão de coco em barra, uma pia, um armário de cozinha vazio, um botijão de gás, uma mesa pequena, uma cadeira, uma toalha de mesa, uma toalha de banho, um sabonete cheiroso, uma escova de dentes, uma pasta dental, um rolo de papel higiênico, um desodorante, um par de sapatos, dois pares de meias, uma calça jeans, um casaco, um lenço, duas camisetas, duas calcinhas, uma bolsa, uma carteira com documentos, uma nota de cinquenta reais, cartão de crédito, cartão do plano de saúde, carteira de identidade, um varal desmontável, um celular, dois abajures, duas lâmpadas, uma caneta, um lápis, uma borracha, um apontador e um caderno com as últimas folhas a preencher. Era tudo que havia lhe restado. Olhou para tudo isso e piscou 3 vezes.

No dia de sua morte, Gilda acordou e resolveu tomar um café na padaria, gastou vinte reais com guloseimas e um bom café. Tinha acordado com apetite. Foi na padaria mais próxima e se sentou para comer. Da esquina via a vida se ajeitando. Piscou 3 vezes. Voltou para casa para descansar. Cada esforço parecia causar-lhe um cansaço imenso. Descansou.

Acordou e fez o seu macarrão ao sugo com orégano fresco. Se serviu da taça de vinho. Apenas 50 ml. Queria deixar os outros 50 para a noite. Na mesa com o almoço servido piscou 3 vezes. Comeu o que conseguiu, mas se deliciou. Tirou uma soneca na cama. Fez anotações no meio da tarde no seu caderno. Olhou para ele e piscou 3 vezes. Se levantou e às 16 horas resolveu caminhar pelo bairro. Bebeu água e saiu de casa

Caminhar no bairro naquele dia era ser inundada pelas lembranças: era como caminhar pelas ruas das memórias. Por isso ficava serena. Era bom caminhar pelas memórias que tinham sido asfaltadas, ganharam novas calçadas, novos edifícios, ou simplesmente estavam abandonadas perecendo ao sabor do tempo. Caminhava e a cada detalhe piscava os olhos 3 vezes;

Caminhava lembrando: da sua fixação pela ufologia, de que tinha sido justamente isso que a levou para o bairro, que tinha fama de ter uma boa visibilidade para pousos e a intensa ocorrência de UFOs; de quando chegou do Rio de Janeiro em plena ditadura e que tinha resolvido se exilar em Curitiba, fugindo de um casamento de maus tratos e abandonos; do endurecimento dos tempos, do sumiço das amigas e amigos pelo regime; da impossibilidade de trabalhar com tranquilidade; do dia que começou a trabalhar no Moinho Curitibano pertinho de casa como auxiliar contábil e que a vida parecia mais adequada e menos impossível; do dia que reparou no moço da administração tão dedicado e comportado com o complicado sobrenome polonês no crachá; da coincidência de encontrá-lo na rua numa noite de uma ocorrência de um UFO na região e do quanto que riram; do dia que escutou o seu nome pela primeira vez dito por ele mesmo; José; José; José; do quanto amou aquele homem e do quanto que tinha sido amada por ele tantas vezes; do quanto que tinha entendido como pode ser o gesto de carinho e amor nas pequenas coisas da vida; do quanto pode sentir o amor durante o sexo com alguém que se entrega para você; do quanto pode se sentir entregue para alguém que também se entrega; do dia que contou que estava grávida para o José; do dia que foram morar juntos duas quadras para cima num velho pequeno apartamento e de que foram felizes apesar de terem poucas economias; do dia que recebeu a ligação do Rio de Janeiro com a notícia do falecimento da sua mãe; do dia que enterrou o seu pai que não aguentou muito tempo longe de sua mãe; da madrugada que pariu o filho Jonas e o sentiu romper com força a vida; das noites mal dormidas e do colo de José que segurava Jonas; da segunda gravidez de Pedro que veio mais cedo do que haviam planejado; da alegria de sentir a casa cheia; das festinhas de aniversário dos dois; da falta de paciência com a briga dos dois; do aborto que sofreu da terceira gravidez no quarto mês de gestação; da tristeza da idade chegando e do corpo mudando; de ver e ouvir os filhos lendo e crescendo; da notícia de que o Moinho teria que fazer demissões; do dia que foi demitida e conseguiu um outro trabalho numa pequena empresa de contabilidade; dos dias que os filhos tinham ingressado na faculdade; dos fios de cabelo que estavam por toda a cabeça e já não dava mais para esconder e resolveu assumi-los; de perceber a tristeza e angústia de José com o futuro; da aposentadoria forçada de José e sua mágoa sem fim; da saída dos filhos de casa para viverem suas vidas; do adoecimento do José; da mudança de apartamento para um menor e mais confortável para os dois; da chegada da primeira neta filha do Pedro; da mudança de Jonas para o nordeste; da mudança de Pedro para Brasília; da nova casa ficar vazia com a internação do José; dos últimos dias de José que dava as mãos para ela no hospital; do dia que entendeu que não tinha mais volta e a cada vez que ia no hospital se despedia um pouco; do dia que se despediu dele para sempre; da mudança para um apartamento menor quatro quadras para baixo para ficar mais próxima do parque e fazer caminhadas pela manhã; da alegria de se sentir viva novamente nos pequenos detalhes; de conseguir fazer viagens com amigas; da saudade de José; da saudade de José; da saudade de José; da tentativa de ter namorado um homem na sua idade e que não deu certo e ainda bem; de ter deixado o trabalho para se aposentar; de se ocupar com pequenas atividades em movimentos sociais; de conseguir viajar uma vez ao ano para ficar próxima aos netos; do dia que recebeu a notícia de que estava com câncer; do dia que brigou com o plano de saúde para conseguir marcar seu tratamento; do dia que contou para os filhos de que o tratamento tinha dado certo; do dia que comemorou que estava bem; do dia que descobriu que havia reincidência; do dia que chorou sem parar com medo de morrer; do dia que desistiu de seguir os tratamentos oncológicos; da noite que saiu para dançar com as amigas como há muito não fazia; da noite que dormiu feliz e cansada como há muito; da manhã que escreveu cartas; da tarde que começou a escrever memórias em frases curtas no seu caderno; no dia que resolveu aprender mandarim; no dia que desistiu de aprender mandarim; da última viagem que fez para visitar o filho que agora morava em São Paulo, da última viagem que sabia que era provavelmente a última que faria para visitar o filho que estava morando em Recife e que beberam juntos com alegria e dor; do dia que resolveu esvaziar a sua casa; do dia que resolveu doar seus livros e roupas; da alegria da manhã que conversou com sua prima distante do Rio de Janeiro e lembrou da sua infância; do dia que mandou pelo correio um pacote com algumas peças de roupa para sua prima distante com um bilhetinho perfumado; da alegria de enfeitar numa manhã as calçadas ao redor de sua casa com suas plantas; das noites mal dormidas com incômodos no corpo; do cansaço; da vida que tinha ficado para trás no Rio de janeiro; de perdoar a si mesma; de perdoar a si mesma; de perdoar a si mesma; da infância no Grajaú e a adolescência na Tijuca; do sorvete na Praça Saens Peña depois de uma sessão de cinema no América; de perdoar a si mesma; de reconhecer o quanto é difícil ser mulher nesse mundo; das risadas de quando era pequena; do colo da mãe; do colo do pai; da saudade do José; de andar de mãos dadas com ele e fazer uma comida juntos; de comer macarrão ao sugo com uma taça de vinho com ele; de perdoar a si mesma; e de se dar conta que teve uma vida feliz, apesar dos pesares, mesmo com os fascistas de plantão, apesar da opressão e do machismo, mesmo com toda exploração, apesar das desigualdades do mundo, mesmo fracassando nas lutas ou mesmo vencendo em outras, reconhecendo seus privilégios.

Gilda viu o pôr do sol da Praça das Nações, iluminando em raios a cidade que se espalhava no horizonte numa última vez. Piscou 3 vezes os olhos. Voltou para casa. Escurecia. Esquentou o que havia sobrado do almoço. Era do tamanho da sua fome. Se serviu dos últimos 50 ml de vinho tinto, brindou a si mesma. Piscou 3 vezes os olhos. Ligou para os filhos para saber como estavam para saber dos seus dias, comentou que havia feito uma caminhada e que se sentia feliz, escutou os netos, brincou pelo telefone e riu. Falava e piscava os olhos 3 vezes. Falava e piscava os olhos 3 vezes. Falava e piscava os olhos 3 vezes. Antes de dormir tomou um banho com seu sabonete cheiroso. Perfumada escreveu no seu caderno. Deu um ponto final. Fechou. Piscou 3 vezes. Apagou as luzes da casa. Se deitou. Olhou a penumbra e as sombras que invadiam a casa com dança das luzes que vinham da rua. Piscou 3 vezes. Sorriu. E fechou os olhos.

7

Despedida

"Lúcio?"
"Sim, sou eu."
"Sou eu. Ludmila. Pode falar? É urgente. É sobre o Sebastião.
"Ah claro, desculpa, eu mudei de celular e não tinha gravado o teu número. Eu até estava tentando falar com ele, mas não está me atendendo desde ontem. Deve estar aprontan..."
Ludmila corta: "Não sei nem como falar Lúcio..."
Ela fica em silêncio. Engole seco e prossegue.
Do outro lado Lúcio se senta, um mal-estar toma conta do seu corpo. Fica tonto. A voz de Ludmila continua falando do outro lado.

"Lúcio? Ainda está aí?"
"Estou."
"A polícia veio me avisar Lúcio, porque a gente achou estranho a luz da casa do Sebastião ficar tanto tempo acesa, aí eu ligava e ele não atendia, começou a cair na caixa postal tinham mais de quatro dias que a gente não se via. Lúcio, a gente estava tomava café todo dia ou aqui em casa, ou na dele, ou na esquina, sempre estava trocando uma ideia. Aí eles vieram falar comigo porque foi o porteiro a mando da síndica que chamou." Uma pausa.

Eles eram jovenzinhos vindos do interior do Paraná para tentar a vida na capital. Eram os tempos de abertura democrática, as primeiras eleições a presidente, todo mundo já tinha visto quem tinha matado a Odete Roitman, Madonna estava por vir pela primeira vez ao Brasil, o desastre absurdo do Plano Collor, a ex-ministra explicando confusamente na televisão o assalto às poupanças da população, tinha a AIDS matando ferozmente as pessoas. Eram tempos de muitos acontecimentos, que pareciam ter sepultado de vez a ditadura, que inclusive parecia estar tão longe e enterrada no início dos anos 1980. Havia no ar um cheiro de que as coisas tinham mudado. Eram esses os tempos que Lúcio e Sebastião, jovenzinhos, sem se conhecer ainda, chegaram em Curitiba.

"Quando arrombaram a porta a casa estava toda revirada Lúcio. Devem ter levado alguma coisa dele! Devem ter levado alguma coisa dele! Sempre falei pro Sebastião ficar ligado com esses piá que ficam no Lido, não são gente boa, mas ele não me escuta Lúcio! Eu sempre falei e deu nisso. Deu nisso! Sabe como ele é? A casa toda revirada. Ele era tão caprichoso... Como podem fazer uma coisa dessas Lúcio???"

Lúcio veio de Francisco Beltrão para estudar História na Universidade Federal do Paraná em 1989. Jovem interiorano, veio para morar na residência estudantil, e foi na capital que descobriu um mundo que também o habitava. Foi em Curitiba que se descobriu como um homem gay. Mas era só na capital que ele era gay. Ao voltar para Francisco Beltrão era apenas um homem solteiro que se dedicava aos estudos e ao trabalho, educado, trabalhador e de bons costumes, que ria sem mostrar os dentes, colocando as mãos dentro dos bolsos para não demonstrar nenhum traço de afetação. Não queria desagradar os pais e nem a família. Era filho único com imensa responsabilidade de perpetuar o clã. O peso da culpa foi se transformando numa distância que o impedia de atravessar o estado para visitar suas origens. Preferia viver em Curitiba, onde podia sorrir, mostrar seus dentes e que os bolsos eram apenas lugares para guardar a carteira.

"Lúcio? Está me ouvindo?"

Foi numa festa entre amigos de faculdade no início dos anos 90 que conheceu Sebastião. De fundo tocava Like a Prayer e tinham umas luzes coloridas que ficavam piscando alternadamente. Entre gargalhadas e conversas eles trocaram olhares e sorrisos. Sebastião era bem mais desinibido e chegou perto e conversaram como se fossem conhecidos de muito tempo. E por alguns bons dois anos tiveram uma relação amorosa com muitos carinhos e descobertas sexuais, mas que acabou por uma traição de Sebastião e desgosto de Lúcio. E por um tempo deixaram de se ver.

"Sim. Estou aqui"
Ludmila chora.
"Foram dezessete facadas Lúcio! Dezessete facadas!"

Quando Lúcio terminou a graduação, logo saiu para trabalhar na rede pública de ensino como professor de História. Empacotou seus poucos pertences acumulados no tempo da residência e se mudou. Foi morar num pequeno apartamento barato no Boqueirão, para ficar mais próximo da escola que lecionava. A vida era mais prática assim para ele. A vida também se tornava mais solitária. Mas a solidão se tornou sua companheira. A solidão, o cigarro e as caminhadas pelo Parque Náutico.

"Qual hospital que ele está?"
"Não deu tempo Lúcio. Não tinha como Lúcio. Ele estava assim há pelo menos um dia."

Sebastião vinha do interior também. Veio cedo com a desculpa de um trabalho, mas com a verdadeira intenção de conhecer a capital e uma vida um pouco mais agitada que a sua Irati. Em Curitiba logo aprendeu corte e costura para trabalhar em confecção de roupas. Queria ser estilista. Isso na época que ainda namorava Lúcio. Até que um dia se apaixonou perdidamente por um empresário do ramo da moda de São Paulo e trocou Lúcio por ele, como quem troca de roupa. Sebastião era um homem ágil, intenso e queria o mundo.

"O filho da puta golpeou dezessete vezes e colocou o nosso Sebastião no armário agonizando. Saiu revirando a casa toda. Tava noiado. Ai Lúcio... você pode vir aqui. Precisa de alguém pra acompanhar tudo. E esses policiais são outros escrotos também, não vou aguentar mais isso sozinha. Você pode vir aqui?"

Foi para São Paulo atrás da paixão, que nunca o encontrou... Desiludido ficou por lá. Seguiu trabalhando. Suas costuras eram tão bonitas que logo chamaram a atenção dos donos da alta costura. E num piscar de olhos, Sebastião era badalado pelos seus acabamentos perfeitos, pelo bom gosto, e sobretudo, pelo seu intenso bom humor.

Lúcio acompanhou o corpo de Sebastião sendo removido ao lado de Ludmila. Era uma sensação de anestesia e choque. Não conseguia chorar. Não conseguia acreditar. Foi até a delegacia. Foi até o IML. Fazia tudo com muita objetividade para não desperdiçar a pouca energia vital que tinha sobrado. Tudo era um pesadelo. Só que real.

Gargalhava sempre e tirava sarro de tudo e de todos. Só que era na intimidade da cama vazia e do acordar sozinho, que Sebastião se via por inteiro e estranho. Suas casas eram lindas e impecáveis, mas só para ele. "Mas não é tempo de tristeza!", enxugava as lágrimas e se aprumava e já estava na rua, no trabalho, num cafezinho, num papinho de bar.

"Vamos cremar o corpo dele. Não... não tinha parentes. Era filho único. Não... os pais já morreram e não tinha relações estreitas com sua família em Irati. Sim. Já foram avisados. Sim, eu e Ludmila somos, quer dizer, éramos muito próximos a ele. Sim. Vamos fazer isso amanhã."

Se apaixonava como quem troca de roupa nova ou como quem compra a nova coleção da estação. Ainda moço amava os homens mais velhos e cheirosos. Preferia os casados: a clandestinidade lhe protegia de uma convivência cheia de manias. Preferia ser "a sobremesa do que ser o prato principal" dizia sempre. Seus amantes eram homens de um modo geral ricos, que lhe davam muitos presentes. O glamour da clandestinidade lhe era excitante e assim se disfarçava para viajar e encontrar as paixões em hotéis fora da cidade, fora do estado e algumas vezes fora do país. Rio de Janeiro, Belo

Horizonte, Brasília, Porto Alegre, Brasília, Miami, Brasília, Rio de Janeiro, Buenos Aires, Brasília, Paris, Londres, Brasília. São Paulo. São Paulo. E Curitiba? Não estava na sua rota de paixões. Ali era conhecido e por isso estava na sua rota das saudades, de quem um dia foi Sebastião. Assim como também estava Irati. Mas a sua cidade natal ele preferia ver nas fotos e escutar pelas escassas ligações que fazia para a casa de seus pais.

No atestado de óbito não estava escrito que foi um crime de LGBTQIA+fobia. No laudo só diz que foi um assassinato. No laudo não diz que foi um crime motivado pelo ódio. Pelo ódio. "Logo com o Sebastião que amava tanto!".

Sebastião só voltou para Irati quando sua mãe morreu. Chegou a tempo de vê-la ainda na cama do hospital. No enterro usava óculos escuros para que ninguém visse seus olhos inchados, para que ninguém o percebesse observando como todas as pessoas haviam mudado. Dias depois voltou para sua São Paulo. Mas antes voltou para Curitiba.

Poucos parentes apareceram no velório do Sebastião. Uma prima, uma tia, que era quase da mesma idade que ele, e um primo. De resto, muitos amigos da vida apareceram para prestar homenagens. Algumas pessoas mandaram coroas de flores de São Paulo, Brasília, Belo Horizonte, Buenos Aires, Rio de Janeiro. Ludmila comentou: "Quem diria...Ainda estão vivos e ainda o amam." E riu para não chorar apenas. Os amantes *mon amour* apareceram alguns, mas esses se confundiam na multidão do velório. Não eram tantos e falavam entre si. "Devem ser todos parças de rolê entre si" brincou Ludmila com Lúcio, que o tempo todo estava próximo ao caixão fechado.

Já tinha passado pelo menos uns dez anos que não se viam. Lúcio tinha ido ao centro de Curitiba para resolver questões burocráticas com papéis, receita federal, cartório e antes de voltar para casa no fim de tarde parou perto de um bar próximo à Praça Tiradentes para tomar uma cerveja. Viu um homem muito bem vestido, de óculos escuros às seis da tarde, encostado no balcão bebendo sozinho. Quando se aproximou reconheceu Sebastião. O seu coração disparou. O de Sebastião também. Numa fração de segundos, sem conseguir controlar, caíram em lágrimas alegres. Se abraçaram como se abraçam aqueles que um dia já se entregaram emocionalmente à outra pessoa.

Lúcio se comportava como um viúvo. Talvez o fosse. Ou pelo menos era como se sentia.

Com a crise internacional desencadeada em 2008, Sebastião resolveu sair de São Paulo e voltar para Curitiba. A capital paulista lhe causava mais ansiedades, amantes e consumo de drogas, de que seu dinheiro poderia consumir. Suas viagens ao exterior haviam diminuído. Antes mesmo de naufragar em dívidas maiores, voltou a Curitiba. No fundo, após os quarenta anos, a depressão tinha ganhado um vulto mais expressivo e a paulicéia engolia o homem que um dia tinha saído do interior. Foi morar no centrão curitibano. Assim tinha próximo o agito de cidade, os boys da Osório e os bares. Conseguiu realizar seus trabalhos com pessoas da cidade. E isso trazia um certo conforto financeiro para ele, sem muitos luxos e alguns privilégios.

Nunca descobriram o assassino. Nunca. "Quem mandou andar com esse tipo de gente?" Era o que diziam. Esses mesmos não falavam que foram dezessete facadas cravadas com ódio e intolerância. Esses mesmos preferiam se omitir sobre suas responsabilidades, porque a vida já estava cheia de problemas "Ai tem tanta gente morrendo né mesmo? Todo mundo morre um dia. Por isso as pessoas devem se cuidar e viver com moderação para não acontecer isso, porque a gente colhe o que a gente planta." E seguiam nas suas vidinhas medíocres e no sorriso hipócrita que os culpados sociais carregam nos seus rostos.

Sebastião tinha trocado os amores pelos homens mais velhos e casados, por jovens másculos e fugazes com cara de quem tinha saído de casa há pouco tempo. Os sustentava com carinhos e mimos e se sentia amado. Todos parecidos. Só trocavam de nome. Por isso preferia os chamar todos de *mon amour* para não correr o risco de se atrapalhar e trocar os nomes.

Fumando um cigarro, Lúcio tem a ideia de onde jogar as cinzas.

Se falavam com frequência para saber um do outro, e vez ou outra se visitavam. Sebastião e Lúcio se tornaram amigos, como poucos são. Sabiam do outro pelo silêncio, pelo gesto e quando estavam ausentes. Foi numa dessas idas à casa de Sebastião que ele conheceu Ludmila, vizinha de prédio, e que estava fumando um cigarro e tomando café na sala quando chegou. A casa se enchia de gargalhadas e coros de protesto político contra o Golpe, contra os retrocessos, ou em gritos de comemoração das pequenas conquistas de direitos. A sala de Sebastião era inundada de povoamentos de alegria e rebeldia. Só se esvaziava quando ele tinha que receber um dos maridos amantes de ocasião: "Hora de ir meninas!".

Dias depois Lúcio e Ludmila foram buscar a urna no crematório. Juntos decidiram levar as cinzas até o Parque Náutico.

No meio da madrugada tinha mandado uma mensagem em áudio para Lúcio, com a voz embargada, meio bêbada, meio rouca de um último cigarro antes de dormir. "Sabe de uma coisa? Eu te amo tanto Lúcio! Que bom que te reencontrei naquela tarde." Ao acordar, ainda na cama, Lúcio respondeu com um áudio: "Ôwnnnn também te amo. Que bom que a gente se reencontrou, né mesmo? Um bom dia para você. Te cuida. Beijo."

Lúcio jogou as cinzas no lago do parque. Ficou olhando. Estava um dia bonito. Depois de um longo silêncio pegou o seu celular e mostrou para Ludmila um áudio que colocou em viva voz: "Sabe de uma coisa? Eu te amo tanto Lúcio! Que bom que te reencontrei naquela tarde." Foi a última vez que tinham trocado mensagens.

Posfácio

Os contos aqui organizados foram escritos ao longo dos últimos anos, mais precisamente entre agosto de 2017 e novembro de 2020. Foram escritos por mim, inicialmente, como esboços para os textos que seriam performados e narrados durante as apresentações do projeto PERCURSOS AFETIVOS. Este projeto ocorreu com apresentações, realizadas por mim entre agosto de 2017 e novembro de 2019, e consistia em pedalar com o público enquanto eu contava as histórias.

Para cada "percurso" algumas narrativas eram pensadas e cuidadosamente criadas para compor com a paisagem. A minha investigação por vezes se misturava com a história do lugar, com a minha observação sobre suas particularidades, ou porque algum detalhe, ali presente, me chamava a atenção – incorporando-o à narrativa da apresentação. Desta forma fui colecionando trajetos e histórias que cartografam, sob uma perspectiva bastante particular e imaginativa, a cidade de Curitiba. Aliás, cabe aqui esclarecer que os textos escolhidos para essa coletânea, são os referentes às apresentações e percursos em Curitiba (2017-2019), porque o projeto foi ampliando e ganhando outras cartografias, de forma que o apresentei também em Ponta Grossa, Pinhais (ambas no Paraná) e Lima, capital do Peru.

Os contos estão escritos em sua maioria em prosa. Mas alguns deles flertam com a poesia gerando uma "prosa poética". Num jogo, como se eu estivesse contando para alguém em voz alta, embebido das dinâmicas e ritmos que isso pode trazer para a palavra escrita. A palavra contada foi, e ainda é guia para minhas escritas. São liberdades expressivas e criativas que me autorizei experimentar aqui na minha estreia como autor.

A organização da coletânea segue a cronologia de criação, por isso a cada conjunto há um algarismo indicando que os contos ali presentes são referentes a um grupo de histórias de um "percurso afetivo". Quis deixar assim, também como forma de registrar o processo de como as histórias foram ampliando, transbordando, expandindo e ganhando espaços no meu processo criativo. Chamo a atenção para algumas das personagens que foram ganhando protagonismos para além dos seus primeiros "percursos". É o caso da Ludmila, que está presente em pelo menos três percursos, assim como o caso de Sebastião, ou mesmo de Guadalupe que tem sua história expandida no percurso afetivo que foi realizado no Peru.

O projeto PERCURSOS AFETIVOS tem sido um divisor de águas para mim. Ele surge como uma urgência de questionamentos que venho tendo ao longo desses anos sobre o meu trabalho artístico da narração de histórias. Sou contador de histórias, ator, diretor de teatro, e artista educador e têxtil. E como contador de histórias venho trabalhando desde 1998, principalmente com o meu grupo "Os Tapetes Contadores de Histórias". O trabalho do grupo sempre esteve atrelado ao fato de contar histórias de outros autores ou com o reconto de histórias da tradição oral de alguma cultura. Ao fazer o reconto, sempre trabalhamos com o processo de recriação do texto a partir da experiência e prática de contar oralmente, o que desta forma possibilita um texto que vai "cabendo mais na boca". E de tanto contar, acaba que a gente vai fixando e memoriza, e tornando-se aquilo, que é apenas uma questão de lembrar de uma história que está bem próxima da experiência de ter vivido ela. Essa prática vem sendo experienciada como processo artístico e criativo ao longo do tempo com meu grupo.

No entanto, eu vinha me perguntando desde 2013 sobre quais outras histórias as nossas realidades, enquanto cidades complexas que vivemos, podem ser urgentes de serem contadas, ou que narrativas precisam ser contadas neste presente que vivemos? Claro que essas minhas indagações não desmerecem e nem diminuem a imensa importância que os contos de tradição oral têm. De forma alguma! Por isso, ao me fazer essas perguntas, me dei conta de um outro questionamento: quais as histórias eu gostaria de criar para poder contar? Foi nesse sentido, que ao idealizar o projeto PERCURSOS AFETIVOS, vi a oportunidade de trazer essas criações autorais, em conjunto com uma prática da narração de histórias, a partir de uma perspectiva em que tanto a cidade e as pessoas que a fazem, se tornam protagonistas, coadjuvantes e pano de fundo.

Conforme fui me apresentando com o projeto, compreendi que essas histórias precisavam ganhar outras materialidades que não fossem só a do momento da apresentação. Por isso, no último ano, vim resgatando os esboços, os registros, manuscritos para trabalhar sobre as histórias de cada percurso afetivo. Esse trabalho me trouxe a saborosa lembrança de como cada história me convidou a adentrar em todos os processos que me levaram ao projeto. Também ressalto aqui que publicar as histórias é uma maneira de cartografar em palavras escritas, os meus percursos afetivos por essa cidade, que vem me abrigando desde final de 2017. Mais para frente pretendo outros "percursos" que possam ir mais ao sul e oeste da cidade, regiões que também apresentam outras "Curitibas", para além dos cartões postais centralizados e turísticos. Acredito ser fundamental entender as complexidades das cidades, principalmente as nossas metrópoles latino-americanas, e Curitiba está inserida nisso - por razões políticas, essas complexidades são escondidas ou negligenciadas em favorecimento de um discurso hegemônico que privilegia o espaço urbano como lugar de produção econômica de manutenção das classes dominantes e de seus territórios, que se tornam espaços lucrativos com a especulação imobiliária. Há o esquecimento do caráter de morada que uma cidade pode ter, no seu sentido mais complexo, humanitário e ontológico. Em pleno início de século XXI, seria no mínimo ingênuo acharmos que uma cidade latino-americana possa ser uma cidade de padrão de qualidade de vida para todos os seus cidadãos. É uma falácia, uma ilusão, um slogan de politicagem. Essa tal qualidade de vida está direcionada a alguns pouquíssimos cidadãos.

Compartilho aqui que o projeto PERCURSOS AFETIVOS vem me proporcionando outros desdobramentos, para além da apresentação e da escrita dos textos desta coletânea. Me levou para um doutoramento em Geografia na UFPR, para discutir sobre *experiências espaciais com a narração de histórias* com ciclo-entregadores da cidade de Curitiba e região metropolitana; um podcast como novos contos, crônicas e poemas que estão sendo publicados nas plataformas na internet; um site para o projeto em si; e discutir também sobre a criação de cartografias bordadas dos trajetos percorridos de cada percurso afetivo, para uma futura exposição. Esses são alguns dos desdobramentos em curso.

Gostaria de deixar registrado meus amorosos e carinhosos agradecimentos: para meu marido amado, que sempre acolhe, incentiva e inspira, Douglas Bach de Andrade (Dag); ao meu gato companheiro de quase 18 anos Antônio Cícero; aos meus companheiros de Tapetes Contadores de Histórias (Andrea Pinheiro, Edison Mego, Helena Contente, Ilana Pogrebinschi, Rosanna Reátegui e Warley Goulart) com quem aprendi e aprendo sobre o nosso ofício de contar histórias; às mestras e mestres da arte de contar histórias de todos os tempos; à minha comadre Ana Paula Gurski e meu compadre Diego Marinho, pelo apoio e amizade de sempre; aos grandes amigos Patrícia Valverde e Fernando Rosenbaum da Bicicletaria Cultural, que me abriram os olhos para a cultura da bicicleta e abraçaram a ideia do projeto desde o início; ao Doug Oliveira, que incansavelmente tirou muitas fotos em nossas apresentações; para meu orientador no doutorado, professor Marcos Alberto Torres, que expande em parceria generosa para tantas geografias imaginárias, afetivas e sensíveis; a todos os companheiros do LATECRE UFPR tão inspiradores; para grande Glória Kirinus que escreve o honroso prefácio e nos faz lembrar como Curitiba é lindamente latino-americana; ao querido Lucas Buchile pela orelha escrita aqui que abre o livro de forma tão linda; à Mana Lucena pelo incansável e meticuloso trabalho de revisão; à escritora portuguesa Marta Duque Vaz, para quem mostrei os primeiros esboços e me incentivou a seguir escrevendo; à minha mãe Liane Cinelli e ao meu pai João Campos, por terem me criado com amor e dedicação; às minhas irmãs Cristiane e Viviane Cinelli e aos meus sobrinhos João Pedro e Maria Luíza, por serem o que são em alegria e fraternidade; às minhas avós (*in memoriam*) Gilda, Carmen e Maria, por terem sido grandes avós; aos meus tios Umberto, Evelyn (*in memoriam*), José Claudio e Maria Luiza por terem oportunizado uma abertura de visão de mundo; e finalmente à cidade de Curitiba e suas pessoas que me inspiram a fazer esse projeto.

Cadu Cinelli

Dedico este livro à todas as pessoas
que todos os dias fazem as muitas
Curitibas, mas que são esquecidas,
invisibilizadas e marginalizadas
pelos interesses canalhas do capital.
Também dedico ao meu marido
Dag que me fez sulear com amor.

Impresso em papel polen soft,
tipologia Garamond 12/14, no verão de 2021.